AF197964

Tucholsky Wagner Zola Scott Fonatne Sydow Freud Schlegel

Turgenev Wallace

Twain Walther von der Vogelweide Fouqué Friedrich II. von Preußen

Weber Freiligrath Frey

Fechner Fichte Weiße Rose von Fallersleben Kant Ernst Richthofen Frommel

Engels Fielding Hölderlin

Fehrs Faber Flaubert Eichendorff Tacitus Dumas

Feuerbach Maximilian I. von Habsburg Fock Eliasberg Zweig Ebner Eschenbach

Ewald Eliot Vergil

Goethe Elisabeth von Österreich London

Mendelssohn Balzac Shakespeare

Trackl Lichtenberg Rathenau Dostojewski Ganghofer

Stevenson Hambruch Doyle Gjellerup

Mommsen Tolstoi Lenz

Thoma Hanrieder Droste-Hülshoff

Dach Verne von Arnim Hägele Hauff Humboldt

Reuter

Karrillon Garschin Rousseau Hagen Hauptmann Gautier

Defoe Baudelaire

Damaschke Descartes Hebbel

Wolfram von Eschenbach Hegel Kussmaul Herder

Bronner Darwin Dickens Schopenhauer Rilke George

Melville Grimm Jerome Bebel

Campe Horváth Aristoteles Proust

Bismarck Vigny Barlach Voltaire Federer Herodot

Gengenbach Heine

Storm Casanova Tersteegen Gilm Grillparzer Georgy

Chamberlain Lessing Langbein Gryphius

Brentano Lafontaine

Strachwitz Claudius Schiller Kralik Iffland Sokrates

Katharina II. von Rußland Bellamy Schilling

Gerstäcker Raabe Gibbon Tschechow

Löns Hesse Hoffmann Gogol Wilde Gleim Vulpius

Luther Heym Hofmannsthal Klee Hölty Morgenstern

Roth Heyse Klopstock Kleist Goedicke

Luxemburg Puschkin Homer Mörike

La Roche Horaz Musil

Machiavelli Kierkegaard Kraft Kraus

Navarra Aurel Musset

Nestroy Marie de France Lamprecht Kind Kirchhoff Hugo Moltke

Nietzsche Nansen Laotse Ipsen Liebknecht

Marx Lassalle Gorki Klett Ringelnatz

von Ossietzky May vom Stein Lawrence Leibniz

Petalozzi Irving

Platon Knigge

Sachs Poe Pückler Michelangelo Kock Kafka

Liebermann Korolenko

de Sade Praetorius Mistral Zetkin

Cherubino und Zephirine

Ottilie Wildermuth

Impressum

Autor: Ottilie Wildermuth
Umschlagkonzept: toepferschumann, Berlin

Verlag: tredition GmbH, Hamburg
ISBN: 978-3-8424-7102-3
Printed in Germany

Ottilie Wildermuth

Cherubino und Zephirine

Es sind bald sechzig Jahre, daß zur Herbstzeit vor einem Gasthof in einer abgelegenen Gasse der schönen alten Stadt Nürnberg ein sonderbares Fuhrwerk hielt, wie es dort nicht eben selten gesehen wurde: ein langer Deckelwagen, an dessen Seiten kleine Fensterlein angebracht waren, von einem alten Fuchsen mühselig gezogen. Es war in der Tat schwer zu bestimmen, wer dürrer und abgemagerter aussah, der alte Fuchs oder der braune, ziemlich gebeugte Kutscher, der vorn auf dem Wagen saß, oder der lange, spitznasige Herr, der in einer noch etwas eleganten Kleidung neben demselben herschritt. Die Stubenmagd des Gasthofs hatte aus dem Fenster gesehen, als das Fuhrwerk heranfuhr.

»Was ist's Madlin?« fragte der Kellner.

»O, Schnurranten,« sagte die und schlug das Fenster zu.

»Weiß nicht, ob ich die behalten soll,« meinte der Wirt; »ist noch nicht lange, daß mir ein Taschenspieler durchgegangen ist und hat keine Zeche bezahlt.«

Der Wagen hatte, indes Halt gemacht, obgleich sich weit und breit kein Hausknecht blicken ließ. Die Magd konnte doch nicht unterlassen, hinauszusehen, was noch unter dem Deckel verborgen sei, ob Wachsfiguren oder wilde Tiere, ein Panorama oder eine Riesin.

Nichts von all dem, schien es. Zwei Kinder sah man unter der Decke hervorkrabbeln, in etliche Tücher und Mäntelein gewickelt, die nicht für sie bestimmt schienen. Das Mädchen warf die alte, braune Kaputze von sich und hüpfte leichtfüßig über den Kutscher weg, der sie herabheben wollte; der Knabe stieg etwas langsamer herunter und setzte sich auf die schmale Hausbank, während die Kleine neugierig die enge Straße, die hochgiebeligen Häuser, da und dort mit kunstvoller Arbeit verziert, betrachtete.

»Können wir hier übernachten?« fragte der spitznäsige Herr mit ziemlich vornehmem Ton.

»Bedauere sehr,« entgegnete der wohlhäbige Wirt, dem die Gesellschaft nicht besonders gefiel;»es ist alles besetzt, habe in der Tat keinen Raum mehr, keine Mansarde.«

Die Reisenden waren sehr niedergeschlagen über diesen Bescheid, und brummend schickte sich der braune Kutscher wieder an, den Fuchsen einzuspannen, als die Kleine dazwischen kam.

»Gar kein Plätzchen mehr in einem so großen Haus?« fragte sie unschuldig.

»Gar keins, kleine Mamsell,« versicherte der Wirt etwas freundlicher.

»Ach, das wissen Sie gewiß nicht,« sagte eifrig die Kleine;»sehen Sie nur, wie mein Papa so dünn ist, der hat überall Platz, und wir können im Wagen schlafen und der François beim Pferd. Wenn man ja den Papa und den François zusammennäht und mich und den Cherubino dazu, so könnte man noch keinen so guten, dicken Papa daraus machen, wie Sie einer sind.«

Die neugierigen Zuschauer, die sich nach und nach gesammelt hatten, lachten hell auf; der dicke Wirt lachte mit und versprach, er wolle nach einem Plätzchen sehen. Der François zog seinen Fuchsen in den Stall und ließ sich gutwillig gefallen, daß ein paar mutwillige Burschen fragten, ob er dieses Rassepferd nicht um zwanzig Louisdor verkaufe; der Hausknecht aber meinte, er solle es an einen Hutmacher vermieten, der Hüte an seine Knochen aufhängen könne. François schüttelte nur den Kopf:»Nix verkaufen, brav Roß.«

Herr Lionet, wie sich der Besitzer der glänzenden Equipage nannte, begab sich mit den Kindern in die Wirtsstube, woselbst sie mit einer dünnen Suppe gespeist wurden. François begnügte sich mit einem Glas Bier; der Papa genoß etwas Wein und schrieb sodann einen Zettel, den François heute noch in die Druckerei tragen sollte. Bald war eine Ankündigung fertig, die lautete:

»Die rühmlichst bekannte Familie Lionet ist in hiesiger Stadt angekommen und hofft auch hier den Beifall zu finden, dessen sie sich in den ersten Städten Deutschlands zu erfreuen hatte.

»Sie wird morgen abend im Saale des Gasthofs zum blauen Adler die erste Vorstellung geben.

»Herr Lionet père wird zuerst das Publikum durch bewundernswürdige Künste mit Karten und andre Vorstellungen aus der natürlichen Magie überraschen.

»Zephirine Lionet, die junge Grazie genannt, wird sodann einen Tanz à la Psyché ausführen und durch ihre Anmut und Geschicklichkeit alle Herzen bezaubern.

»Der berühmte Komiker Herr François Desbordes wird durch seine drolligen Einfälle allgemeine Heiterkeit erregen.

»Zephirine, die junge Grazie, und Cherubino Lionet, genannt das Wunderkind, werden den berühmten biskayischen Volkstanz mit dem Tambourin aufführen und ungeteiltes Entzücken hervorrufen.

»Sämtliche Darstellungen werden durch die lustigen Einfälle des Herrn François, des Komikers, belebt werden.«

Während Herr Lionet diese glänzenden Verheißungen niederschrieb, hatte Zephirine, die junge Grazie, bereits Bekanntschaft im Haus gemacht; sie brachte im Triumph ein paar warme Kartoffeln, die sie von der Köchin bekommen hatte, und teilte sie mit Cherubino. Während sie der hungrige Knabe begierig verzehrte, flüsterte sie ihm zu: »Sei nur zufrieden, Büblein! morgen ist Vorstellung, da gibt's nachher Braten.«

Mit dieser lockenden Aussicht suchten die Kleinen ihre Nestchen im Wagen, der im bedeckten Schuppen stand. Jedes begrub sich in seinem Winkel unter den Teppichen, alten Kleidern und dem Stroh, das sich da vorfand, und bald schliefen sie so herrlich, wie nur ein Fürstenkind unter seidenen Decken.

Der erste Morgen.

Die strahlenlose Sonne eines kühlen Herbstmorgens erhellte mit rötlichem Licht auch die enge Straße, wo Herr Lionet Quartier genommen. Er war ausgegangen, um die gedruckten Anschlagzettel abzuholen; die Kinder aber standen schon im vollen Kostüm auf der Straße beisammen.

Zephirine, zierlich geputzt im schwarzen Samtleibchen mit Schleifen, einen Blumenkranz im schwarzen Haar und niedliche Stiefelchen an den feinen Füßchen, hatte sich auf einen Eckstein gesetzt und sah lächelnd auf den Knaben herab, der den Kopf traurig an sie anlehnte. »Bist schläfrig, armer Cherubino?« fragte sie mit gutmütigem Spott; »geh' doch in den Wagen und leg dich schlafen, ist's ja doch schon acht Uhr am Morgen!«

»Mich friert nur,« sagte der Knabe und schmiegte sich an das Mädchen.

»So, dich friert! o du armes Wunderkind!« sprach das Mädchen mit Lachen, »und hast doch ein Samtröcklein an, wie ein Prinz, und eine Weste, und was alles noch. Da sieh mein weißes Röcklein und meine bloßen Arme, mich friert kein bißchen!« Und sie schlang ihre weichen Ärmchen fest um seinen Hals: »Du armes, erfrorenes Büblein! Schlüpf in die große Trommel, da bläst der Wind nicht hinein!«

»Und jetzt wird's alle Tage kälter, dann kommt der Winter, wo alles friert,« seufzte der kleine Cherubino.

»Ja, im Winter, da ist's freilich trübselig,« stimmte ihm Zephirine bei; »wer weiß, in was für ein Kämmerlein wir wieder hineinschlüpfen müssen! Bin nur froh, daß die Herkulina nimmer da ist, ach, war die so groß und dick! Wenn die noch bei uns wäre, da hätte uns der dicke Wirt gar nicht ins Haus gelassen. Aber weißt, wir geben dann ja alle Vorstellungen in einem warmen Saal und diesen Winter haben wir auch ein Kopfkissen zum Schlafen, weil die Herkulina fort ist. Und weißt du, wie wir letzten Winter bei einer so guten Bäckerfrau wohnten, die uns manchmal altbackne Semmeln schenkte und einmal Kuchen? Vielleicht kommen wir diesen Winter wieder zu so guten Leuten. Und dann wird's auch wieder Sommer und warm, und wir ziehen hinaus durch schöne, große Städte und kochen Kaffee unter dem Baum, und machen Nester im Heu und François holt uns Nüsse von den Bäumen. O, das ist herrlich!« – und die Kleine klatschte in die Hände über die Freuden des Sommers, während doch der Winter erst vor der Tür stand. Der Knabe aber war immer noch nicht aufgeheitert. »Ach, ich möchte eben einmal gar nicht mehr fortgehen,« sagte er; »ich möchte in einem großen, schönen Haus wohnen und in einem rechten Bett schlafen und in rechten Kleidern in die Schule gehen wie andre Knaben.«

»Warum nicht gar,« lachte Zephirine, »in die Schule! da bekommt man Schläge, sagte der Papa.«

»Man bekommt keine, wenn man fleißig ist,« behauptete Cherubino eifrig, »des Bäckers Sohn hat mir's gesagt.«

»Und Kinder, die in die Schule gehen, können nicht tanzen,« sagte Zephirine; »da sieh, so tanzen sie!« Sie hüpfte herab und tappte mit vorgebücktem Leib auf komische Weise im Kreis herum, fast wie ein junges Bärlein, so daß Cherubino auch lachen mußte; aber er sagte doch wieder ernsthaft: »Das ist mir ganz gleich, ich wollte gar nicht tanzen können; lernen ist gewiß schöner.«

Die Taufe.

Die Kinder stritten noch lange und eifrig fort, bis ihre Aufmerksamkeit plötzlich nach außen gezogen wurde. Von einer Seitengasse her, nicht weit an ihnen vorüber, wallte leise ein kleiner Zug: eine ältere Frau mit einem Kindlein auf den Armen, das mit einem lang herabhängenden seidenen Tuch verhängt war; zwei Kinder, ein Knabe und ein Mädchen, fast im Alter wie unsre beiden, trippelten im schönsten Festputz daneben her. Der kleine Knabe machte hier und da neugierige Versuche, das seidene Tuch zu lüften; das wehrte ihm aber eine stattliche, schön gekleidete Dame, die mit einigen Herren den kleinen Zug schloß.

»Du, was ist das?« fragte Cherubino.

»Eine Taufe,« flüsterte Zephirine, die immer mehr von der Welt wußte als der Knabe, ganz leise, obgleich der Zug schon vorüber war.

»Was tun sie denn jetzt?« fragte der Knabe wieder.

»Das weiß ich selbst nicht,« sagte Zephirine; »komm, wir wollen nachgehen, der Papa kommt noch lang nicht.« Und eilig gingen die Kinder von weitem nach bis an die nahe Kirche, schlüpften auch unbemerkt durch eine Seitentür hinein.

Das war das erste Mal, daß sie das Innere einer Kirche betraten, und staunend hoben sie ihre Blicke zu dem wunderbar gestalteten Kreuzgewölbe empor, zu den Bildern an den Seiten, zu den hohen Fenstern und dem Kreuze auf dem Altar. Es war eine wunderbare Welt, von der sie noch gar nichts geahnt hatten. Cherubino nahm sein Mützchen ab, wie er's bei den Männern sah, die dem Kinde folgten; Zephirine faltete ihre Händchen, wie das kleine Mädchen mit den blonden Zöpfen, ohne daß sie wußte warum. Sie wagten nicht, von der Stelle zu gehen, sie wagten kaum zu atmen; aber, mit der tiefsten Aufmerksamkeit sahen sie zu, was nun mit dem Kindlein geschah, dem man das Tuch abgenommen hatte. Daß der Mann in dem langen schwarzen Gewand ein Pfarrer sei, wußte Zephirine wohl, und wie im Traum lauschte sie den feierlichen Worten, die er über das Kindlein sprach. Nun trug es einer der Männer zu ihm hin, – nun goß der Pfarrer Wasser aus der blinken Kanne, träufelte davon auf des Kindleins Stirne und sagte laut die Namen: Hermann August. – Die staunenden Kinder wußten gar nicht, was das bedeuten solle und sahen sich nur immer wieder still fragend an.

Jetzt war des Pfarrers Rede geendet; das Kindlein wurde wieder zugedeckt und die Begleitung schickte sich zum Gehen an. Eilig schlüpften Zephirine und Cherubino hinaus und blieben hinter der Tür stehen. Beim Herausgehen des Taufzuges kamen die zwei Nürnberger Kinder zuletzt. Zephirine, die allezeit unerschrocken war, faßte sich ein Herz, zupfte das blonde Mädchen am Ärmel ihres blauen Kleidchens und fragte:»Hör', was hat man denn mit dem Kindlein getan?«

Erstaunt sah die kleine Marie mit ihren großen, blauen Augen auf das fremde Kind, das ihr in dem abenteuerlichen Putz ganz wunderbar vorkam, antwortete aber freundlich:»Weißt du denn das nicht? – das ist unser Brüderlein, das hat man getauft.«

»Ja, warum denn?«

»Wie dumm!«fuhr Theodor, Mariens Bruder heraus,»daß man weiß, wie es heißt; soll man's denn sein Leben lang Kindlein nennen?«

»Ach, deswegen nicht allein, Theodor!«berichtete Marie,»einen Namen hätte ihm auch der Vater geben können; nein, weißt du nimmer, was uns gestern die Mutter gesagt hat? Man tauft's, weil der liebe Heiland gesagt hat: Lasset die Kindlein zu mir kommen! und wenn man das Kindlein getauft hat, so gehört es dem Heiland eigen all sein Leben lang, und er schickt ihm Englein, die es hüten und acht darauf haben.«

»Ja, wer ist denn der liebe Heiland?«fragte Cherubino schüchtern.

Ganz erstaunt sahen sich Marie und Theodor an; ein so großer Knabe sollte noch nicht wissen, wer der Heiland sei! »Ja hör', seid ihr denn Heiden, daß ihr nichts vom Heiland wisset?« fragte Theodor.

»Ach, wir sind gar nichts!« sagte Zephirine unschuldig.

»Aber wir wissen, daß der liebe Gott einmal die Welt gemacht hat, nicht die Häuser, aber die Bäume und das Wasser und die Tiere,« versicherte eifrig Cherubino, der doch etwas gelten wollte.

»Nun, da wißt ihr schon etwas,« sagte begütigend Marie, welche die schönen fremden Kinder nicht kränken wollte; »und das andre kann ich euch sagen. Seht,« fuhr sie fort, indem sie sie an die noch offene Kirchtüre zog, glücklich in kindischer Wichtigkeit, daß sie andre so viel lehren konnte, »da seht hinein! Der Mann am Kreuz dort auf dem Altar, das ist der liebe Heiland, und dort ist er auch auf dem großen Bild, wie er in den Himmel fährt; seht, der ist vom Himmel gekommen, weil die Menschen so bös gewesen sind, und hat ihnen erzählt vom lieben Gott und was sie tun müssen, daß er sie wieder lieb haben könne. Und weil wir alle, nicht gut sind und hätten nimmermehr können zum lieben Gott kommen, so ist er für uns gestorben, und weil er so ganz brav gewesen ist und hätte immer in lauter Freude im Himmel bleiben können und ist doch ganz freiwillig gestorben, so hat der liebe Gott ihm zulieb uns wieder angenommen, und wenn wir fromm sind und immer an den lieben Heiland denken, so können wir alle in den Himmel kommen. O, das ist aber noch gar nicht alles,« fuhr sie glühend vor Eifer fort; »ich weiß noch viel so schöne Geschichten von ihm, aber ich kann's nicht auf einmal sagen.«

Die fremden Kinder hörten mit offenem Mund zu, sie konnten das alles noch nicht so recht verstehen.

»Aber wo kommt denn ihr her, daß ihr das gar nicht wißt?« fragte Theodor.

»Ach, wir kommen überall her,« sagte Zephirine, »wir reisen in der Welt herum und tanzen; da können wir in keine Schule gehen.«

»Aber vom Heiland erzählt einem die Mama,« sagte Marie; »habt ihr denn keine?«

»Nein, die ist schon lang gestorben; aber einen Papa, der weiß es vielleicht selber nicht, weil er vorher ein Franzose war,« entschuldigte Zephirine;»wir haben wohl die Herkulina gehabt, aber das ist keine Mama.«

»Wer ist denn die Herkulina? – das ist ein kurioser Name!«

»Das ist eine große, dicke Frau mit einem roten Gesicht,« berichtete jetzt Cherubino;»sie ist aber nicht bös gewesen, nur hat sie so viel gegessen, dann ist nichts für uns übriggeblieben. Am Morgen hat sie unsre Kleider gewaschen, und oft auch geflickt, und manchmal gekocht, und am Abend hat sie schwere Eisen aufgehoben, und sich hingelegt; dann haben Männer auf ihr gehämmert, und das hat ihr nichts getan.«

»Aber wo ist sie denn jetzt?« fragte Theodor wieder, der gar nicht aus der Verwunderung kommen konnte über diese seltsame Familie.

»Als wir in Stuttgart auf der Messe waren, da war in der Bude neben uns einer mit einem großen Ochsen; der war neidisch auf uns, und wenn der Papa mit der Drehorgel spielte, damit Leute kommen sollten, so trommelte er so laut, daß man uns nicht hörte. Der wollte die Herkulina zu sich haben, und wie sie zuerst nicht wollte, so hat er sie geheiratet; da ist sie nun mit ihm fortgegangen. Ich glaube, er läßt jetzt den Ochsen auf ihr herumtrampeln, und das tut ihr auch nichts.«

Die Kinder hätten sich wohl noch viel mitzuteilen gehabt, da den Einheimischen die Welt der Fremden so neu war, wie diesen die ihrige. Da sprang eilig eine geputzte Magd her:

»Aber Kinderl, wo sind's? Wollet's denn kein Kaffee und Taufkuchen?«

Das gab eine schnelle Trennung. Marie vergaß in der Eile nicht, den fremden Kindern die Hand zu geben, und Zephirine lud sie zu der Vorstellung von heute abend ein. Marie und Theodor zogen ab; eben so begierig von den Taufkuchen zu schmausen, als den Eltern zu berichten von den seltsamen Kindern, die nichts vom Heiland wüßten.

Cherubino und Zephirine wandten sich endlich nun auch ihrem Gasthof zu, als François ihnen mit lebhaften Gebärden winkte, eilig zu kommen, da der große Umritt jetzt stattfinden müßte.

Die Aufführung.

François war sehr in Angst um die Kinder gewesen und so froh, daß sie wieder da waren, daß er ihnen keine Vorwürfe machte über ihr Weglaufen. Der dürre Fuchs stand schon aufgezäumt, mit einer prächtigen blauen Decke, welche die Herkulina noch wacker herausgeflickt hatte; die Kinder wurden hinaufgehoben. Herr Lionet, in einer Art von Rittertracht, führte den Gaul am Zaum; François, der Bajazzo, auch mit verschiedenen Lappen und einer hohen Zipfelmütze aufgestutzt, hüpfte mit seltsamen Gebärden voraus, und stieß bisweilen in eine Trompete. Auf allen Hauptplätzen und vor ansehnlichen Häusern machte er Halt, trompetete und rief mit allerlei Spaßen die Herrlichkeit aus, die von diesem Tag zu erwarten sei: »Seh'n Sie, meine Herren und Damen, das sein die zwei Wunderkind, Cherubino und Zephirine! Die Zephirine sein leichter als ein Schmetterling; streck sie ihre Füßchen aus, bluh! flieg sie über die große Turm, vite! spring sie wieder auf die Zehenspitz, brrr!«

In dieser Weise rühmte er auch seinen Herrn und Cherubino; ein lärmender Haufe von Schulknaben folgte mit Geschrei und Gelächter. All das waren die Kinder von jeher gewöhnt, und Zephirinen hatte es oft Spaß gemacht, Nußschalen unter die Kinderschar zu werfen, oder ihnen seltsame Gesichter zu schneiden. Heute aber saß sie still und unbeweglich da, und Cherubino erhob nicht einmal die Augen. Er mußte an die Kirche denken, das wunderbare hohe Haus; an das Kindlein, das man eingesegnet, an alles, was ihnen die kleine Marie vom Heiland gesagt hatte; dann dachte er wieder an die Kinder, wie die nun fröhlich daheim sitzen werden bei Vater und Mutter, bei dem kleinen Brüderlein und beim Taufkuchen. Seine Augen füllten sich mit Tränen. »Warum bin ich denn nicht auch ein rechtes Kind geworden wie andre?« fragte er im stillen ganz traurig.

Ähnliche Gedanken schienen auch das sonst so fröhliche Herzchen Zephirinens zu bewegen; denn als einmal das Pferd wieder anhielt und der Bajazzo seine Sprünge und Späße machte, neigte sie sich zu ihrem Vater und flüsterte: »Papa, bin ich denn auch einmal getauft worden?«

Ganz erstaunt blickte Herr Lionet aus seinem Ritterbarett auf und sagte: »Natürlich! was fällt dir für unnötiges Zeug ein?«

»Aber wo denn, Papa? – in einer Kirche?«

»Freilich, in keinem Stall! Es war, glaub' ich, in einem Grenzorte, und von einem katholischen Pfarrer, ich weiß selbst nimmer so recht.«

»Gehöre ich aber auch dem Heiland?«

»Unsinn, natürlich! Denk' jetzt nicht an solche Geschichten, und gib dir auch ein munteres Ansehen!« Und etwas verlegen ging der Papa auf die andere Seite und trieb das Roß vorwärts.

Der Umzug war vollendet, die Kinder durften daheim mit dem Vater zu Mittag speisen, ziemlich kärglich; aber sie wurden auf den Abend vertröstet, wenn die Einnahme gut sei.

Gar zu gern wären sie am Nachmittag noch einmal ausgegangen; da sie aber nur den einen Festanzug hatten, der für den Abend bestimmt war, so gestattete es der Papa nicht; sie mußten sich umkleiden und in alten zerrissenen Mäntelchen beim Haus bleiben, bis die Stunde der großen Vorstellung käme. Da sie doch für möglich hielten, daß ihre Bekannten von diesem Morgen noch einmal nach ihnen sähen, schämten sie sich in den schlechten Kleidern und nisteten sich lieber in eine Ecke der Wirtsstube zusammen, wo sie miteinander flüsterten von den Erlebnissen dieses Morgens. Cherubino hatte mehr als je eine Sehnsucht, zu sein und zu leben wie andere Kinder, und noch mehr zu hören vom Heiland; seine kleine Seele war wunderbar bewegt von dem, was er am Morgen gehört. Die flüchtige Zephirine konnte sich immer noch kein Leben denken ohne Tanzen und Reisen; aber in die Kirche, das meinte sie doch auch, möchte sie wieder gehen, und so eine Gespielin haben, wie die blonde Marie im blauen Kleidchen.

»Aber weißt, Cherubino,« tröstete sie diesen wieder, »wir haben ja einander, und ich kann dir jetzt alles erzählen, was uns das Kind erzählt hat.«

Cherubino schüttelte traurig sein Köpfchen.

Der dicke freundliche Wirt hatte den Kindern etwas Kaffee mitgeteilt; der Papa hatte sich den Nachmittag mit Kartenspiel unterhalten; da er aber fortwährend gewann, wollten die Leute nimmer mit ihm spielen und sagten, er sei ein Hexenmeister.

Allmählich wurde es Abend, die Kinder mußten sich wieder putzen und in den Saal begeben, der spärlich erleuchtet und noch spärlicher erwärmt war. Es fand sich ein recht zahlreiches Publikum ein, nicht gerade wegen des anpreisenden Zettels, aber wegen der netten Kinder, die bei dem Umritt am Morgen jedermann gefallen hatten; eine Menge Mägde, Kinder und junge Leute, mitunter auch Eltern, die ihre Kinder selbst hinführten, bildeten die Zuschauer.

In der vorderen Reihe saßen Marie und Theodor mit Herrn Winter, ihrem Vater, einem wohlhabenden Kaufmann. Er war zwar heute, am Tauftag seines Kindes, nicht sehr aufgelegt gewesen, eine Gauklerkomödie zu sehen; aber seine Kinder hatten ihn zu sehr gebeten, und was sie ihm von dem verwahrlosten Zustand der fremden Kinder erzählt, hatte in ihm den Wunsch erregt, selbst nach ihnen zu sehen.

François stand noch vor dem Haus, trompetete und paukte auf seiner Trommel, um Leute herzulocken, bis der Saal voll war; dann schlüpfte er rasch in seine Hanswurstjacke und hüpfte mit ein paar Purzelbäumen in den Saal, zu unaussprechlichem Jubel der Zuschauer.

Herr Lionet in seinem Rittermantel trat vor, an jeder Hand eines der beiden Kinder. Er sah ungemein ehrwürdig aus, und die kleinen Buben auf dem letzten Platz hatten gewaltig Respekt, als er sein Federbarett abnahm, und sich tief verneigte, daß seine spitzige Nase fast den Boden berührte; auch Cherubino nahm sein Mützchen ab, und Zephirine machte eine so anmutige Verbeugung, daß alles in die Hände klatschte, und Marie ordentlich stolz auf die neue Bekanntschaft wurde, als sie ihr ein Kußhändchen zuwarf.

Jetzt mußte François ein Tischchen bringen, und Herr Lionet begann seine Künste. Es waren so ziemlich die gewöhnlichen, die man seit bald hundert Jahren bei allen Taschenspielern sieht. François mußte eine große Menge Werg verschlingen, was er unter komischem Weigern und entsetzlichem Gesichterschneiden tat; dann wurde ihm unter unendlichem Beifallsjubel der Rücken aufgeschnitten und das genossene Werg als eine endlose Masse von leinenen Bändeln herausgezogen. Herr Lionet bat um eine Taschenuhr, die er unter lautem Geschrei der Zuschauer im Mörser zerstieß. Die zerstoßenen Stücke wurden vorgezeigt, dann in einer Schachtel unter den Tisch gestellt, von wo später der Bajazzo mit einem deckenhohen Luftsprung die ganze Uhr unversehrt hervorbrachte. Dann machte er einige hübsche Kartenkünste, die der Hanswurst auf eine lächerlich plumpe Weise nachahmte. Bald aber wurde das Publikum, das auf die Kinder wartete, ungeduldig; darum wurde der erste Akt beendet, der Tisch weggetragen; Herr Lionet erschien mit einer Geige, François mit seiner Trompete, und nach der etwas schauerlichen Musik, welche die zwei hervorbrachten, begann der Tanz mit dem Tamburin. Cherubino wartete mit seinem Stäbchen in der Mitte des Saales, um auf das Tamburin zu schlagen, wenn Zephirine an ihm vorüberflog, und sich dem Tanz anzuschließen. Der arme Knabe stand aber mit trauriger Miene da; seit er die beiden Kinder wiedersah, war seine ganze Seele bei ihnen, in der Kirche, in einer Heimat; – er hörte kaum die Töne, die ihn zum Tanz locken sollten, und sah nicht die drohenden Blicke, die der Papa auf ihn warf. Zephirine aber, die im Tanz lebte, flog mit anmutigen Wendungen an ihm vorüber, klingelte ihm mit lieblichem Lächeln mit der Schellentrommel ins Ohr; zog ihn mit schelmischer Gebärde in den Tanz, umkreiste ihn so leicht und flüchtig, daß ihre Füßchen kaum den Boden zu berühren schienen, so daß seine heutige Schwerfälligkeit kaum bemerkt oder für einen absichtlichen Kontrast mit ihrer wunderbaren Behendigkeit gehalten wurde. Zum Schluß drehte sich Zephirine schnell wie eine Windsbraut auf einem Füßchen um sich selbst, das Tamburin hoch über ihrem Haupt haltend, und schloß mit einer tiefen Verbeugung.

Ein rauschender Beifallssturm brach los; auch solche, die schon glänzende Kunstleistungen gesehen, waren erstaunt über die Anmut und Fertigkeit des Kindes, und das Tamburin, das sie auf des Papas Wink nun im Publikum herumbot, füllte sich mit reichlichen Gaben. Als sie an Marie und Theodor vorüberkam, zog sie mit tiefem Erröten ihr Tamburin zurück und schüttelte ihr Köpfchen: »Ihr nicht!« sagte sie verlegen. Die aber hatten alle Hände gefüllt mit Backwerk von dem Taufschmaus und nötigten es ihr auf. Erwartungsvoll sahen sie den Vater an und meinten, der müsse ihrer

Freundin wenigstens einen Taler zustecken; das tat er aber nicht, sondern sagte beschwichtigend zu ihnen:»Ich spreche später den Vater dieser Kinder.«

Das Verhör.

Die Zuschauer verliefen sich, obgleich François geneigt gewesen wäre, noch etwas zu ihrer Belustigung zu tun. Marie und Theodor mit ihrem Vater blieben aber noch; Cherubino war auch herbeigekommen, und bald waren die vier Kinder in eifrigem Gespräch. Herr Lionet wußte nicht, wie seine Kinder zu dieser Bekanntschaft kamen. Zephirine sagte ihm nur flüchtig:»Weißt, Papa, das sind die Kinder in der Kirche, wo man ihr Brüderlein getauft hat, und die wissen soviel schöne, schöne Sachen!«

Herr Winter aber wandte sich mit großer Höflichkeit an Lionet und sagte ihm zuerst einige Artigkeiten über das Talent seines Töchterchens.»Das sind beides ihre Kinder?« fragte er weiter.»Gewiß!« antwortete Herr Lionet etwas verlegen, wie dem Kaufmann vorkam.

»Sie haben sich scheint's spät verheiratet?« fragte er weiter, mit einem Blick auf das alte, eingeschnurrte Gesicht des Taschenspielers und auf die jungen Kinder,

»Jawohl, das Töchterlein – das heißt – die zwei Kinder stammen aus meiner zweiten Ehe; meine erste Gemahlin, eine sehr talentvolle Kunstreiterin, hat mich leider verlassen und sich einer Seiltänzertruppe angeschlossen. Ich associerte mich erst später mit einer zweiten, die ein kleines Wachsfigurenkabinett besaß; sie starb im Wochenbett; das Kabinett verunglückte bei der großen Feuersbrunst in G. Meine Kenntnisse in der natürlichen Magie und das erwachende Talent meines Töchterleins haben mir bis jetzt wieder zum Fortkommen geholfen; den François habe ich im Elsaß übernommen. Von dem Buben habe ich mir früher mehr versprochen, aus dem wird nicht viel, kein Ehrgefühl–«

»Sie sind Franzose, wie meine Kinder von den Ihrigen gehört?«

»Elsässer, ich halte mich aber schon sehr lange in Deutschland auf; die gegenwärtige unruhige Zeit in Frankreich ist nicht günstig für schöne Künste und Wissenschaften.«

Herr Winter lächelte, daß der Taschenspieler seine Kunst so hoch anschlug und fragte weiter:

»Wie gedenken Sie bei Ihrer wandernden Lebensweise Ihren Kindern den nötigen Unterricht zu verschaffen?«

»Sie sind noch sehr jung,« sagte Lionet, dem das Verhör immer unbehaglicher zu werden schien; »und bei einer so ausgezeichneten körperlichen Ausbildung macht sich später die geistige außerordentlich leicht.«

»Wirklich?« fragte lächelnd und etwas zweifelnd Herr Winter.

»Ich hatte in letzter Zeit ein sehr rechtschaffenes Frauenzimmer, die der Kleinen Anleitung im Arbeiten gab; sie war Athletin zu gleicher Zeit, von bewunderungswerter Stärke. Da ich die verloren habe, werde ich suchen, mir eine andere Dame zur Begleiterin zu gewinnen, die zugleich die Erziehung der Kinder leitet; einen Teil des Unterrichts werde ich dann selbst besorgen.«

Herr Winter hatte keinen starken Glauben, weder an die Erziehung der »Dame«, die sich Herrn Lionet anschließen werde, noch an den Unterricht dieses Herrn selbst. Er wollte es aber um der Kinder willen zunächst nicht mit ihm verderben. So redete er ihm nur zu, sich noch längere Zeit in Nürnberg aufzuhalten, da seine Kleine so großen Beifall finde, und lud die Kinder ein, in sein Haus zu kommen, da er selbst warme Teilnahme für dieselben fühlte, ihren Umgang mit den seinigen aber nur unter Aufsicht gestatten wollte.

Während Zephirine und Cherubino sich an dem langverheißenen Kalbsbraten und dem Konfekt erlabten, das der flinken Tänzerin so reichlich gespendet worden war, und Herr Lionet die bedeutende Einnahme dieses Abends überzählte, eilten Theodor und Marie heim, um der Mutter von den Erlebnissen des Abends und der wunderbaren Geschicklichkeit ihrer neuen Freundin zu erzählen. Die fremden Kinder krochen in ihren Wagen, während die zwei andern in reinlichen, bequemen Bettlein nach einem frommen Nachtgebet einschliefen. Zephirine hatte schon die müden Äuglein zum Schlaf geschlossen, da flüsterte ihr Cherubino noch aus seiner Ecke zu: »Schwesterlein!«

»Was willst du?«

»Der Knabe hat mir heute noch gesagt, daß sie alle Abend und Morgen beten, und dann schickt der Heiland Engel zu ihnen, die sie hüten.«

»Ich habe aber keine bei ihnen gesehen.«

»Man sieht sie nicht; aber sie sind doch da, ihre Mutter hat's ihnen gesagt.«

»Ja, dann wird's freilich wahr sein.«

»Zephirine, wenn wir nur auch beten könnten! Morgen will mich Theodor ein Gebet lehren, aber ich möchte schon heute nacht. Besinn' dich nur, ob du nicht beten kannst!«

»Ich will's probieren!« Und sie faltete die Hände: »Lieber Heiland, wir können noch nicht beten, aber wir sind auch getauft; schicke uns doch auch einen Engel, der uns hütet, weil wir so allein sind und keine Mutter haben!«

Und beruhigt legte sie ihr Köpfchen nieder und schlief ein, während Cherubino noch lange mit seinem traurigen Herzchen wach blieb.

Nachforschung.

Herr Winter war in der Nacht nach der Vorstellung noch lange in seinem Zimmer auf und abgegangen. Er war ein, wahrhaft frommer Mann, der mit den Gütern, welche ihm Gott geschenkt, reichlich Gutes tat und keine Not sehen konnte, ohne daß er den Herzensdrang fühlte zu helfen. Die zwei Kinder kamen ihm nicht aus dem Sinn; daß von einer guten Erziehung hier keine Rede sein könne, daß ihre Zukunft auf diesem Wege ein elendes Vagabundenleben werde, sah er klar, und doch wußte er nicht, wie zu helfen sei. Daß Lionet das Mädchen nicht von sich lassen werde, die seine einzige Erwerbsquelle war, dachte er sich wohl, selbst wenn er ganz die Erziehung der Kinder hätte übernehmen wollen, was zunächst nicht Wohl angegangen wäre, und ein Recht hatte er nicht, dem Vater sein Kind zu nehmen. Den Knaben, der weniger gewandt, auch nicht recht gesund schien, würde der Alte vielleicht leichter von sich lassen; aber wäre es recht, die Kinder zu trennen, die in ihrer geschwisterlichen Liebe vielleicht Trost und Schutz gegen spätere Verderbnis finden könnten?

Es fiel ihm wieder auf, daß Lionet immer einige Verlegenheit gezeigt hatte, wenn die Rede auf den Knaben kam, und daß er so gleichgültig, fast mit Widerwillen von ihm gesprochen. Dann hatte er auch geäußert, daß die Mutter der Kinder bald nach der Geburt des Mädchens gestorben sei, und doch schien dieses älter als der Knabe. Immer war ihm, als müsse er sich auf etwas besinnen, das mit dem Knaben zusammenhänge, den er doch heut zum erstenmal gesehen; – aber es wollte ihm nicht klar werden und er legte sich endlich, müde vom Nachdenken, zur Ruhe.

Guter Rat kommt über Nacht. Frau Winter wußte nicht, warum ihr Mann, der in einem Zimmer neben dem ihrigen schlief, in aller Frühe aus dem Bett sprang, und nachdem er sich rasch angekleidet, in sein oberes Zimmer eilte und dort in einem Kasten kramte, in dem er alte Papiere und Zeitungen verwahrte. Die Kinder, die ihn zum Frühstück holen sollten, waren ganz erstaunt, den Boden mit Papieren überdeckt zu finden und den sonst so streng ordnungsliebenden Papa in diesem Meer von Zeitungen wühlen zu sehen. Verwundert blieben sie stehen und sahen zu, wie er ein Bündel ums andere öffnete und durchblätterte. Er bemerkte sie gar nicht. Endlich zog er ein Blatt triumphierend hervor und sprang eilig damit die Treppe hinab.»Ich hab's!« rief er seiner Frau zu, die mit dem Kindlein auf dem Arm auf dem Bette saß und sich gar nicht denken konnte, was das zu bedeuten habe.

»Was hast du denn?«

»Will dir's nachher sagen,« sagte Herr Winter ruhiger, dem nun einfiel, daß seine Vermutung noch nicht für jedermann tauge.

Als die Kinder zur Schule waren, zog er die alte Zeitung hervor, in welcher folgende deutsch und französisch abgefaßte Anzeige enthalten war:

»Der Chevalier d'Ormont bietet 600 Franken Belohnung dem, der ihm Nachricht von seinem einzigen Kinde Leon d'Ormont geben kann. Aller Wahrscheinlichkeit nach ist dies Kind von seiner deutschen Amme, die sich beim Ausbruch der Revolution in ihr Vaterland, nach Rheinpreußen geflüchtet, dorthin mitgenommen worden. Der Name dieser Amme war Margarete Rothe. Es konnte bis jetzt keine Spur von ihr gefunden werden. Das Kind war damals im Alter von 15 Monaten, besondere Kennzeichen hat es nicht, und es ist nicht zu bestimmen, ob die Amme bei ihrer Flucht aus meinem Schloß Gegenstände von Wert mit sich genommen hat, da dort später von den Revolutionstruppen geplündert wurde. Ich habe meinen Wohnsitz in Innsbruck genommen (hier folgt die nähere Adresse), und bitte jeden, der mir nur die entfernteste Kunde von meinem Kinde geben kann, sich an mich zu wenden.«»Nun, hat diese Anzeige noch etwas zu bedeuten, die ja schon von fünf Jahren her ist?« fragte die Frau, indem sie das Zeitungsblatt ansah.

»Ja, gerade weil sie von fünf Jahren her ist,« fiel Winter eifrig ein. »Ich war damals schon im Senat, als eben dieser Chevalier d'Ormont selbst hier war, da er in allen größeren deutschen Städten die Nachforschung nach seinem Kinde in eigner Person betreiben wollte. An die Zeitungsanzeige hätte ich wohl nimmer gedacht, wenn ich nicht gestern, seit ich den Gauklerknaben gesehen, fortwährend mich hätte besinnen müssen, wo ich das Kind oder jemand, der ihm sehr ähnlich sieht, schon einmal gesehen habe. Gestern fiel mir's nimmer ein; ob mir heute nacht davon geträumt, weiß ich nicht; diesen Morgen aber beim Erwachen stand mir mit einem Male die Gestalt des Chevaliers lebendig vor der Seele. Unser Theodor war damals eben Zwei Jahre alt und unsre höchste Freude, darum hatte ich so großes Mitleid mit dem unglücklichen Vater.«

»Ach ja, ich erinnere mich Wohl, wie du mir davon erzählt hast,« fiel die Frau ein; »aber wie kommst du nur auf den Gedanken, daß der Taschenspielerknabe eben jenes Kind sei?«

»Warum? Weil der Knabe dem Chevalier so ähnlich sieht, wie man sich's kaum möglich denkt; weil er den Umständen nach schwerlich dem Taschenspieler gehört, weil sein Alter eben zutrifft ...«

Der menschenfreundliche Mann kam ganz außer Atem im Eifer über seine Entdeckung.

»Wie ist's denn eigentlich mit jenem Kinde damals zugegangen? Wie kam's, daß es mit der Magd geflüchtet ist?«

»Der Chevalier war beim Ausbruch der Revolution mit seiner Gemahlin, die ärztliche Hilfe für ein lang anhaltendes Leiden suchte, in Paris; sein Schloß war eins der ersten, die von plündernden Truppen überfallen wurden. Das Kind war mit der Dienerschaft allein, die sich, von blinder Angst gejagt, nach allen Seiten hin zerstreute. Die Amme des Kindes, eine gutmütige, aber leichtsinnige Person, wie sie der Chevalier schilderte, scheint mit demselben geflohen zu sein; man will sie noch einmal in Gesellschaft eines schlechten Menschen, eines ehemaligen Kammerdieners des Chevaliers, gesehen haben. Der Chevalier selbst mußte fliehen und brachte seine Gemahlin, die Schrecken und Jammer um ihr Kind vollends schwer krank gemacht hatten, in ein deutsches Bad. Von dort aus stellte er alle nur möglichen Forschungen nach dem Kleinen an; da er aber viele Monate lang seine Frau nicht verlassen konnte, war es bei den unruhigen Zeiten von keinem Erfolge.

»Nach dem Tode seiner Frau reiste er selbst durch Deutschland, um sein Kind zu suchen, aber vergeblich, und ließ diese Anzeige, die ich bis heute total vergessen hatte, in alle Zeitungen rücken.«

Obgleich die Frau noch ihre großen Zweifel hatte, ließ sich Herr Winter in seinem Drang doch nicht abhalten, sogleich an den Chevalier unter der bezeichneten Adresse zu schreiben und bewog seine Frau, indes den Umgang der Kinder miteinander zu gestatten.

Die Gespielen.

Es gab einen großen Jubel, als Herr Winter seinen zwei Kindern in der Freistunde des nächsten Tages erlaubte, die Fremden zu sich zu holen. Herr Lionet war nun eben nicht sehr geneigt, seine Kinder zu andern zu lassen, aber er fürchtete, durch eine Weigerung Verdacht zu erregen; so durften denn Zephirine und Cherubino ihren einzigen Putz anlegen und mit den neuen Gefährten abziehen.

Das war eine Wichtigkeit für die kleinen Winter, mit den Wunderkindern über die Straße zu ziehen! Selbst die Gassenbuben sahen in einiger Entfernung nach, als die »Tanzkinder« in der Mitte der zwei einheimischen glückselig dahinhüpften.

Zuerst mußten sie ans Bett der Mutter kommen und das Brüderlein sehen. Die hatte immer ein gewisses Vorurteil gehabt gegen alles herumziehende und hergelaufene Volk; aber der Anblick der schönen, mutterlosen Kinder bewegte ihr Herz besonders der des Knaben mit seinem sanften, traurigen Gesichtchen; sie streichelte ihnen die schwarzen Locken und ließ sie erzählen von ihrem Leben und Tun.

»Aber, Mutter, du solltest Zephirine tanzen sehen!« rief Marie.

»Ja, ja, Zephirine muß tanzen!« jubelte auch Theodor, und obgleich die Mutter erklärte, sie glaube gern, daß es Zephirine schön könne, auch ohne es gesehen zu haben, so bestanden doch die Kinder darauf, ihr diesen Genuß zu verschaffen. Die Flügeltüren ins Wohnzimmer wurden geöffnet; Cousine Pauline, welche die Mutter und das Kindlein pflegte, mußte sich ans Klavier setzen. Das Tamburin hatte Zephirine freilich nicht mitgebracht; aber es fand sich ein altes Kinderspielzeug mit Glöckchen, das tat auch den Dienst. Cherubino war heute zu gar nichts zu brauchen; er sah nur immer mit seinen stillen Augen die Mutter an und das Kindlein und antwortete kaum, wenn man ihn fragte. Zephirine aber hatte keinen Gefährten nötig. Bei dem ersten Ton der Musik schien jedes Glied an ihr zu leben, ihre Füßchen schienen kaum den Boden zu berühren. Bald flog sie umher, so leicht, daß ihr kaum das Auge folgen konnte; bald neigte und wiegte sie sich wie ein Vögelein, das in den Lüften ruht, und obgleich Cousine Pauline ihr Lebtag nie zu solch einem Tanz gespielt, wußte sie sich doch jedem Ton der Musik anzuschmiegen.

Die Mägde und Lehrlinge des Hauses hatten sich unter der Türe gesammelt und schauten mit offenem Mund zu; die Kinder klatschten jubelnd in die Hände, der Mutter Augen füllten sich mit Tränen, sie wußte selbst nicht warum, als Zephirine den Tanz endete und mit anmutiger Bewegung vor ihr niederkniete.

»Wo hast du so hübsch tanzen gelernt, Kleine?« fragte sie.

»Nachdem Papas Wachsfigurenkabinett halb verbrannt war, lebten wir eine Weile bei einer Theatergesellschaft; da war eine dünne Mamsell, die hat mich's gelehrt und den Cherubino, wie wir noch ganz klein waren. Nachher hatte Papa Streit mit dem Direktor; wir gingen mit François fort und kamen dann zu der Herkulina, die vorher bei einer Menagerie war.«

»Hat die auch tanzen können!«

»O die und tanzen!« Die Kleine lachte hell auf. »Ja, tanzen wie ein Bär! Aber in großen Städten nahm uns der Vater immer mit ins Ballett, da habe ich alles abgesehen und es den Cherubino gelehrt.«

»Aber möchtest du nicht auch etwas andres lernen: nähen, stricken, schreiben und schöne Bücher lesen?«

»O ja, schon, aber ich möchte nicht in der Schule sitzen und nicht immer in der Schule bleiben; tanzen ist lustig, und wenn ich groß bin, krieg ich ein eigen schönes Pferdchen und werde Kunstreiterin; das ist erst schön!«

»Seiltänzerblut!« flüsterte die Mutter mit leichtem Kopfschütteln und sah wieder mit größerer Teilnahme auf den Knaben. »Und du. Kleiner?«

»Oh, ich mag nicht gern tanzen, es tut mir oft so weh; ich möchte auch gar nicht immerfort herumreisen.«

Der Mutter wurde das Herz weich; sie wollte aber nicht fortfahren, und überließ die Kinder ihrem Spiel, nachdem sie zuvor reichlich mit Milch und Kringeln gelabt worden waren.

Nun holte Marie ihre Puppen und die Kleider; das war ein Jubel für Zephirine, die nie eine Puppe gehabt hatte! Und es ging an ein Anputzen und Zuschneiden! So hübsch hatte Marie nie die Puppen gekleidet, und so nett und seltsame Spiele nie mit ihnen aufführen können, wie die neue Gespielin!

Theodor brachte seine Soldaten und Bilderbücher. Die ersteren interessierten seinen Gast wenig; aber die Bilderbücher waren ihm höchst wichtig, und Theodor gefiel sich ungemein darin, ihm alles aufs genaueste zu erklären und seine zahlreichen Fragen zu beantworten.

Nachher spielten sie zusammen Versteckens, Blumenspiel, Namenspiel, alles mögliche. »Aber ihr habt so dumme lange Namen,« sagte Theodor. ,Cherubino', das ist ja ein ganzes Jahr lang; wir wollen dich Bino heißen oder Bubi!«

Bino wurde angenommen; Zephirine mußte sich Sefi nennen lassen. So verging der Abend unter Lachen und Scherzen, und viel zu früh kam François, um die Kinder abzuholen. Sie waren froh, daß es Nacht war; sie hätten sich diesmal in Wahrheit etwas geschämt, mit dem Bajazzo heimzugehen.

Der Abschied.

Mit großer Ungeduld erwartete Herr Winter Nachricht von Innsbruck oder den Herrn von Ormont selbst. Nach fünf Tagen aber kam ein Brief von dem Eigentümer des Hauses, das jener in Innsbruck bewohnt, mit der Nachricht, daß der Chevalier seinen Sitz in Rheinpreußen, der Heimat der verschollenen Amme, genommen, in der Hoffnung, dort mit der Zeit eher etwas von dem Schicksal seines Kindes zu erfahren. Man hatte ihm den Brief nachgeschickt; aber es konnte nun lange dauern, bis er selbst oder ein Schreiben von ihm ankam. Herr Winter verging fast vor Ungeduld und es war nicht möglich, Herrn Lionet länger aufzuhalten. Zephirine fand zwar immer noch Beifall; aber, ihres Vaters und François' Leistungen waren so wenig mannigfaltig, daß er sich nicht lange an einem Orte aufhalten konnte. Zudem sah er den Verkehr mit den Kaufmannskindern, der die seinigen so glücklich machte, immer weniger gern; Cherubino verlor täglich mehr die Liebe zur »Kunst«, wie es Herr Lionet nannte, und Zephirinens schmeichelnde Liebenswürdigkeit allein, die alles über den Vater vermochte, konnte den armen Knaben oft vor harter Strafe schützen.

Zehn Tage dauerte der Verkehr der Kinder miteinander, zehn Tage voll Freude und Herrlichkeit, zumal für die Fremden. Die gute Mama Winter, nachdem sie sich überzeugt, daß keine Gefahr für ihre Kinder bei diesem Umgang sei, daß sie keine gemeinen Ausdrücke, keine rohen Sitten hatten, nahm sich der Fremden von Herzen an. Sie ließ ihnen aus Kleidern ihrer Kinder gute, warme Anzüge machen, gab ihnen Weißzeug, bat Pauline, die kleine Sefi, die alles mit wunderbarer Leichtigkeit begriff, stricken und ein wenig nähen zu lehren, und erzählte dem Bino, besser als es ihre Kinder vermocht, von Gott und dem Heiland. Sie hatte nie einen so aufmerksamen Zuhörer gehabt.

Am elften Tag stand in der Früh schon der Wagen angespannt vor der Türe des Gasthofs; die zwei Kinder, in viel besserem Reiseanzug, als sie gekommen waren, standen, noch eifrig plaudernd, mit trübseligen Gesichtchen bei ihren Nürnberger Freunden, die ihnen die Körbchen und Taschen füllten mit Abschiedsgeschenken von der guten Mama. Zephirine machte schon die schönsten Pläne, wie sie bis zum Frühling wiederkommen wollten, und wie schön es da sein werde, wenn sie recht oft in Winters Garten könnten;»dann bekommt unser Bino schöne rote Backen,«sagte Marie, lächelnd die bleichen Wangen des Knaben streichelnd. Cherubino konnte kein Wort sprechen, er hatte die Augen voll Tränen und sah die Kinder nur liebevoll an.

Droben hatte Herr Winter noch eine ernstliche Unterredung mit dem alten Lionet; er ließ ihn nichts von seiner Vermutung wegen des Knaben merken und suchte nur im Gespräch mehr über diesen zu erfahren.

»Fürchten Sie nicht,« fragte er,»daß Ihr Kleiner etwas zu zart für die Ausübung der Tanzkunst ist?«

»Allerdings,«sagte Herr Lionet,»er wird immer weniger; es fehlt ihm nicht an natürlicher Grazie, aber der Bursch ist faul. Vorläufig muß er noch dabei bleiben; die Zephirine, die kleine Hexe, bringt ihn schon herum, und das Pärchen ist so niedlich, das Publikum liebt so was; er ißt auch sehr wenig, sein Unterhalt kostet nicht viel. Zephirine macht jedenfalls eine brillante Karriere; wenn die ihn zum Tanzen nicht mehr nötig hat und er nicht besser erstarkt, so muß ich auf einen andern Zweig der Kunst für ihn denken, – zur natürlichen Magie, fürcht ich, ist er zu wenig alert; habe schon an abgerichtete weiße Mäuse gedacht, was freilich sehr ordinär ist. Flöhe wären schon etwas komplizierter; kommt Zeit, kommt Rat.«

»Aber er scheint Sinn fürs Lernen zu haben,«fuhr Herr Winter fort, dem vor diesem Zukunftsbild schauderte;»wenn sich die Mittel zu einer guten Erziehung für ihn fänden, würden Sie nicht geneigt sein, ihn für eine andere Laufbahn zu bestimmen?«

»Ich kann nichts mehr für ihn aufwenden,«sprach der Künstler etwas gereizt;»er kostet mich ...«er hielt inne.»Zunächst muß ich sehen, ob sich wirklich im Kunstfach nichts für ihn machen läßt; wäre das nicht, so bin ich vielleicht später so frei, um Ihren gütigen Rat zu bitten.«

Hiermit schloß er etwas pikiert. Herr Winter konnte nichts mehr tun; Herr Lionet gab sich immer ein ungemein würdevolles Ansehen. So mußte er denn mit schwerem Herzen die Kinder ziehen sehen.

Das ganze Wirtshauspersonal kam noch herab zum Abschied; die Kinder, besonders die fröhliche Sefi, waren die Lieblinge des Hauses gewesen. Sie hatten in Nürnberg reichliche Ernte gehabt, namentlich der Ertrag der gestrigen Vorstellung »zum Besten der Fräulein Zephirine« war glänzend ausgefallen. Herr und Diener und Rotz sahen besser genährt aus, als bei der Ankunft. Unter vielen Tränen trennten sich die vier Kinder; nur Theodor weinte nicht und sagte leise zu dem weinenden Cherubino: »Mußt nicht weinen! Mädchen heulen.«

So lange der Wagen sichtbar war, sah man Sefis rosiges Gesichtchen und die Hand des kleinen Bino, der sein nasses Tüchlein zum Gruß schwenkte; dann gingen die Nürnberger Kinder heim an des Vaters Hand in ihre gute, schöne, behagliche Heimat, die andern fuhren hinaus in die weite, fremde Welt. Marie barg daheim ihr weinendes Gesichtchen in der Mutter Schoß und bat sie leise: »Mama, wir wollen für die Kinder beten.«

Ein Wiederfinden.

Schon mehrere Stunden war der Wagen sachte seines Wegs dahingerollt und nicht mehr fern von der kleinen Stadt, wo Mittag gemacht werden sollte. Cherubino hatte sein müdes Köpfchen an Zephirinens Schulter gelegt und war eingeschlafen; die hielt ihn mit ihren Armen umschlungen wie ein Mütterlein und dachte derweil an die fröhliche Nürnberger Zeit, an die hübschen Puppen und das schöne Spielzeug, das ihr Marie zum Abschied geschenkt, und an all das Wunderbare, das sich diesen Winter noch ereignen könne. Herr Lionet selbst machte ein Schläfchen. – Da wurden alle aus ihren Träumen plötzlich geweckt durch einen sehr unsanften Stoß, der fast den mürben Wagen zusammengebrochen hätte, und hörten gleich darauf ein lautes und heftiges Schimpfen des François. Herr Lionet machte sich heraus, um zu sehen, was es gebe. Eine Extrapostchaise war mit dem Wagen zusammengestoßen. Francois schimpfte über die bête allemande, der Postillon fluchte über die Lumpenfuhr, und eben stieg ein Herr aus dem Postwagen, um Frieden zu stiften und zu sehen, wer Schaden genommen. Es war ein noch junger, etwas bleicher Mann in seiner schwarzer Kleidung. Herr Lionet, der sich so vornehm als jeder Herr im Deutschen Reich vorkam, wollte sich ihm eben mit vieler Würde nähern, als dieser auf François losging, ihn scharf ins Auge faßte, plötzlich am Kragen packte und rief:»So, du bist's, Schuft! – wo hast du mein Kind?«

Dieser, der eher an des Himmels Einfall, als an eine solche Begegnung gedacht, kam dadurch so ganz und gar außer Fassung, daß er bleich und zitternd ausrief:»Um Gotteswillen, Monsieur le chevalier, lassen Sie mich, er lebt ja!«

»Wo?«

»Scharmante junge Herr, Wunderkind, tanz' vortrefflich!«

»So, einen Gaukler habt ihr aus meinem Kind gemacht!« rief empört Herr von Ormont – denn dieser war es – und ging auf Lionet zu, der scheu beiseite wich.

In diesem Augenblick streckten die zwei Kinder ihre Köpfchen erschreckt aus dem Wagen. Herr von Ormont eilte hin, nahm, ohne das Mädchen zu beachten, den Knaben heraus, trug ihn an die hellste, sonnenbeschienene Stelle der Straße und hob ihn zu sich empor. Das sonst so furchtsame Kind sah ihm ganz ruhig und tief in die Augen:»Ja, du bist's!« rief laut weinend der Vater,»das sind ihre Augen.« Und achtlos auf die ganze Umgebung setzte er sich mit dem Kind an einen Rain, betrachtete sein Gesichtchen, küßte und streichelte es und konnte nichts sagen als die Worte:»Du bist's, du bist's, mein Kind!«

Cherubino, obgleich das so plötzlich gekommen, schien alles wohl zu begreifen; denn ruhig und vertrauensvoll überließ er sich dem unbekannten Vater und sah ihn nur freundlich lächelnd an. Die arme Zephirine wußte aber gar nicht, was das bedeuten sollte; sie drehte ihr Köpfchen von einem zum andern, rief und fragte, niemand gab ihr Auskunft. Herr Lionet und François wußten ihrerseits wohl, woran sie waren; sie machten Miene, in aller Stille davonzufahren und den Cherubino ohne Widerstand im Stich Zu lassen. Das ging aber nicht so rasch. Der Fuchs hatte bei dem Zusammenstoßen gelitten und hinkte, und Herr von Ormont ermannte sich und trat mit würdevollem Anstand auf sie zu.

»Was wir zu besprechen haben, läßt sich nicht auf der Landstraße abmachen,« sagte er zu den beiden.»Fahrt ihr voran! wir gehen in denselben Gasthof der nächsten Stadt; dort werden wir uns sprechen.«

Wohl oder übel bestieg Herr Lionet seine Equipage und François seinen Bock. Herr von Ormont trug den Knaben in sein Gefährt und befahl seinem Kutscher, langsam hinter dem Wagen herzufahren und ein Auge darauf zu haben, und während der Kutscher den Wagen hütete, hütete Herr Lionet den François, von dem er beständig fürchtete, dieser möchte sich aus dem Staub machen und ihn allein lassen.

So kam die seltsame Wagenfahrt vor dem Gasthaus des Städtchens an.

Aufklärung.

Während Herr von Ormont die zwei Kinder, die noch wie im Traum waren und nicht wußten, wie ihnen geschehen, in der Wirtsstube beisammenläßt und oben in verschlossenem Zimmer mit Lionet und François ein Verhör anstellt, wollen wir in Ruhe dem Gang der Begebenheiten nachspüren und sehen, wie es gekommen, daß Herr von Ormont den François erkannt, und mit solcher Sicherheit sein Kind in dem Wagen vermutete.

François, der eigentlich Johann Brenner hieß und aus dem Elsaß stammte, war Kammerdiener bei Herrn von Ormont gewesen und wegen Diebstahls und andrer schlechten Streiche von diesem fortgeschickt worden. Ohne Wissen des Herrn trieb er sich aber in der Nähe des Landhauses um und blieb mit Margarete, der deutschen Amme des Söhnleins, die er vorher schon gekannt, in heimlicher Verbindung.

Als mit dem Eintritt der Schreckensregierung Recht und Ordnung immer mehr aufgehoben wurden, als unter der Maske des Gesetzes die Schlösser des Adels überfallen, geplündert und von rohem Volk in Besitz genommen wurden, da war Johann einer der ersten, der sich zu den wilden Scharen gesellte und Vorteil aus dem allgemeinen Elend zu ziehen suchte. Herr von Ormont hatte bereits an Flucht gedacht und nur eine kurze Reise unternommen, um ärztliche Beratung für seine Frau zu suchen und sein Vermögen so viel wie möglich flüssig zu machen.

Diese Zeit hatte Johann benützt, um mit einigen Kameraden in das Schloß einzubrechen und der ängstlichen Dienerschaft einen solchen Schreck einzujagen, daß sie sich nach allen Seiten hin zerstreute. Er selbst hatte gar nicht im Sinn, im Dienst der französischen Republik zu bleiben; sondern beredete Margarete, der Herr werde schon geköpft sein, und was sie nicht nehmen, nehmen andere, und vermochte sie so, was sie beide von Kostbarkeiten und Geld habhaft werden konnten, zu sich zu nehmen. Das Kind hätte er gern zurückgelassen; aber Margarete, die eine mütterliche Liebe zu ihrem Pflegling hatte, bestand darauf, es mitzunehmen und nur unter dieser Bedingung die entwendeten Sachen zu behalten.

So kamen sie denn mit dem kleinen Leon bis in Margaretens Heimat, wo sie sich aber nur flüchtig aufhielten, da beide doch ein böses Gewissen hatten. Margarete erkrankte auf der Reise, und statt mit dem Raub sich gute Tage machen zu können, verbrauchten sie ihn nach und nach auf einem jahrelangen heimatlosen Wanderleben. Endlich starb Margarete und bat im Sterben Johann dringend, doch die Verwandten des Kindes (seine Eltern glaubte sie tot) ausfindig zu machen und es ihnen zurückzugeben, sie habe es ja nur in guter Meinung geflüchtet. Das wußte Johann zwar anders. Doch hätte er Margaretens Bitte gern erfüllt, sein Herz war nicht böse im Grund, und Margaretens lange Krankheit und ihr Tod hatten Reue in ihm erweckt; auch wußte er nicht, was mit dem Kinde anfangen, dessen Lieblichkeit jedes Herz gewinnen mußte. Bei dem damaligen Zustand der Dinge in Frankreich aber war es in der Tat unmöglich, dorthin zu kommen; er hätte auch nicht die Mittel dazu gehabt. Der Aufruf des Herrn von Ormont war ihm nicht bekannt geworden, und so war er froh, endlich bei einer Schauspielerbande einen alten Landsmann, Herrn Lionet, zu finden, welcher gleich hoffte, mit dem schönen Knäblein, das mit seinem eigenen Töchterlein ein so hübsches Pärchen bildete, gute Geschäfte zu machen.

So erhielt Johann, der sich jetzt François nannte, noch eine hübsche Kaufsumme für das Kind, das Cherubino umgetauft wurde und von nun an für Lionets Söhnchen galt, welcher sich um diese Zeit von den Schauspielern trennte. Da das Kind fortfuhr, ein Wanderleben zu führen, so verwischte sich bei ihm bald die Erinnerung an die Zeit, ehe es mit Zephirinen gelebt. Von all dem Raub aus dem Schlosse hatte François nicht mehr behalten, als einen wertvollen Siegelring mit Herrn von Ormonts Wappen, den er aus Furcht vor Entdeckung nicht gewagt hatte zu verkaufen und den er ihm nun wieder auslieferte.

Bei seiner ersten Reise zur Aufsuchung seines Kindes hatte Herr von Ormont auch in der Gegend von Margaretens Heimat, die ihm nicht genau bekannt war, nichts über sie und das Kind erfahren können. Erst als er später seinen Wohnsitz in Rheinpreußen nahm und beständig Gänge in der Gegend machte, um mit dem Landvolk bekannt zu werden, erfuhr er endlich, daß sie vor mehreren Jahren mit dem Kinde in Gesellschaft eines Burschen, in dem Herr von Ormont nach der Beschreibung seinen Johann erkannte, hier gewesen war. Kurz nach dieser Entdeckung, die ihn vorläufig noch nicht weit führte, erhielt er den Brief des Kaufmanns Winter von Nürnberg von Innsbruck aus, worin ihm dieser seine Vermutungen über das Kind mitteilte. Er beschrieb ihm aufs genaueste das Kind und die ganze Gesellschaft; das Alter traf ganz zu, und in der Beschreibung des Hanswursts glaubte er sogleich seinen alten Johann wiederzufinden. Nun bedurfte freilich all das noch vielfacher Nachfrage und Bestätigung; aber das wunderbare Zusammentreffen der beiden Nachrichten ließ den lebhaften Sinn des Chevaliers Gewißheit annehmen, wo ein anderer kaum Hoffnung geschöpft hatte.

Ungesäumt machte er sich auf den Weg nach Nürnberg, wo er unterwegs mit dem Wagen Lionets zusammenstieß. Ein Vater, der sein langverlorenes Kind wiedergefunden glaubt, kann nicht lange rechnen und wägen; so schwelgte er im Besitz seines neugeschenkten Sohnes, wo ein bedächtiges Gemüt noch vieler Forschungen bedurft hätte, um sich zu vergewissern.

Und sein Vaterherz hatte ihn nicht betrogen. Was er in den Blicken des Kindes gelesen, welches ihn mit den Augen seiner Mutter ansah, das wurde durch jedes spätere Zeugnis bestätigt. Der kleine Cherubino war *Leon* d'Ormont, sein einziges Kind.

Ein glückseliges Herz hadert nicht. Wohl hätte er François und Lionet wegen des früheren Raubes und des späteren Kinderhandels anklagen können; aber er war zu glücklich, sein Kind unversehrt wiederzuhaben; so versprach er Lionet noch, ihm den Kaufpreis für seinen Sohn zurückzuerstatten und eilte hinab zu seinem wiedergefundenen Kleinod.

Noch eine Trennung.

Die Kinder saßen beisammen, wie man sie verlassen; Zephirine, die sonst alles viel rascher begriff als der Knabe, verstand gar nichts von dem ganzen Auftritt. Leon aber, so wollen wir ihn jetzt nennen, hatte nur das eine verstanden, daß der Herr sein Vater sei, und das behauptete er fest gegen Zephirine, der er sonst nie widersprach, obgleich sie ihm unter Lachen und Weinen zu beweisen suchte, daß er ihrem rechten Papa gehöre.

Nun kamen die drei herab. Herr von Ormont setzte sein Kind auf seine Knie und erklärte ihm ganz ruhig und deutlich, wie alles gekommen, und daß er wirklich sein Vater sei. Leon brauchte keine Beweise; er besann sich auch nicht, warum ihm jetzt zum ersten Male in seinem Leben so unaussprechlich wohl sei. Er schlang seine Ärmchen um den Hals des Vaters und ruhte aus an seinem Herzen, als wollte er sein Leben lang nimmer weg von dieser Stätte.

Herr von Ormont hatte dem Knaben alles in schonender Weise mitgeteilt; er wollte keinen Widerwillen gegen Lionet und François erwecken. Zu François hatte Leon immer eine Zuneigung gehabt; dem Papa Lionet aber war sein schwächliches, oft trübseliges Wesen stets zuwider gewesen, und der Knabe hatte das wohl gefühlt; von ihm ward ihm die Trennung nicht schwer. Aber Zephirine? Dort saß das arme Kind noch in dem alten Lehnstuhl am Ofen, in dem sich die zwei Kinder vorhin zusammengeschmiegt hatten, die Händchen im Schoß liegend, und sah mit nassen Augen immer still hinüber zu ihrem Cherubino, der in den Armen seines Vaters ruhte. Sie verstand jetzt noch nicht alles; nur das eine war ihr klar, daß er nimmer zu ihr gehörte, und das war ein Weh, wie es ihr fröhliches Herzchen nie zuvor gefühlt hatte.

Der Wirt trat ein und meldete, daß für den Herrn Baron und den jungen Herrn im Kabinett serviert sei; für Herrn Lionet, der auch ein Mittagessen bestellt hatte, legte er etwas geringschätzig zwei Gedecke auf einen Tisch in der großen Wirtsstube. Herr von Ormont stand auf und nahm Leon bei der Hand: »Komm, Kind, komm, mein Büblein, zum Essen!«

Aber Leon streckte seine Hand nach Zephirine aus: »Sefi muß mit, Papa!«

Der Vater schien es nicht gern zu sehen; aber Leon ging nicht ohne Zephirine, die beim Eintreten ins Kabinett mitleidig nach ihrem mageren Papa schaute, der zurückbleiben mußte. Herr von Ormont ließ noch ein Kuvert auflegen, bestellte alles Gute, was zu haben war, ließ auch Herrn Lionet etwas Besseres servieren, und sprach den Kindern wacker zu; sie speisten aber beide wenig, ihre Hände lagen fast immer ineinander, und Zephirine sah Bino wehmütig an; er aber war voll stiller Freude.

Nach Tisch erhob sich Herr von Ormont, nahm einige Banknoten aus seiner Brieftasche und trat zu dem Taschenspieler:

»Obschon ich nicht sehr reich bin, da ich nur einen Teil meines Vermögens retten konnte, habe ich mich doch für diese Reise wohl mit Geld versehen. Ich freue mich, Ihnen sogleich Ihre Auslagen vollständig ersetzen zu können; den Überschuß dieser Summe verwenden Sie für Ihr Töchterlein, das meines Sohnes traurige Kindheit erheitert hat; leben Sie wohl! Leon, du kannst dich verabschieden!« und er ging hinaus, die Abfahrt zu bestellen. Das kam dem kleinen Leon doch gar zu schnell. Herr Lionet war trotz der ansehnlichen Geldsumme immer noch etwas niedergedonnert und konnte seinen ritterlichen Anstand gar nicht mehr finden. Mit großer Schüchternheit bot ihm Leon die Hand; er wußte noch nicht recht, wie er ihn ansehen sollte, den er so lang als Papa respektiert, wenn auch nicht geliebt hatte; dem François, dem die hellen Tränen über die Wangen liefen, gab er einen herzlichen Kuß, aber Zephirine? Die fiel ihm laut weinend um den Hals, und als Herr von Ormont kam, um ihn abzuholen, da standen die zwei Kinder noch Arm in Arm verschlungen, und keins konnte vom andern gehen.

»Vater, o Vater, nimm Sefi mit!« bat Leon, »ich kann nicht leben ohne Sefi, und du weißt gar nicht, wie sie so schön tanzen kann!« Der arme Knabe wußte nicht, wie er gerade mit dieser Lobpreisung dem Vater das Mädchen entleidete, der so schnell als möglich jede Erinnerung an seine Künstlerlaufbahn aus dem Kind verdrängen wolle. Während er unschlüssig dastand, trat Herr Lionet vor, dem sein Vaterherz, das einzig Gute und Gesunde an ihm, doch einen Teil seiner Würde zurückgegeben hatte, und nahm das Mädchen an der Hand. »Dies Kind, Herr Baron, ist mein, und ich lasse mir's um keine Schätze der Welt abkaufen; Zephirine, möchtest du deinen armen Papa verlassen? Ich müßte Hungers sterben ohne das Mädchen,« fügte er etwas prosaischer hinzu.

Das war ein schwerer Kampf für ein so junges Herzchen! Leon wollte nicht nachgeben, auch als Zephirine sich entschlossen, bei dem Papa zu bleiben.

Endlich beschloß Herr von Ormont, der gar nicht Lust hatte, sich das Mädchen aufzuladen, die zwei Kinder auf einige Tage nach Nürnberg zu nehmen; dort unter den neuen Gespielen sollte Leon allmählich von Zephirine entfernt und so auf die Trennung vorbereitet werden. Herrn Lionet bat er, hierzubleiben, bis ihm sein Töchterlein wiedergebracht werde; dieser gab es freilich ungern genug zu, denn er fürchtete immer noch, sie werde ihm ganz entrissen, was Herr von Ormont doch gar nicht im Sinn hatte.

In Nürnberg war großer Jubel und Verwunderung, als der arme Bino als junger Herr Leon von Ormont zurückkehrte. Marie war überglücklich, daß sie selbst eine Geschichte miterlebte, wie sie sonst nur in Büchern stehen; Theodor brauchte etwas lang, bis er den Hergang der Dinge begreifen konnte, dann war er aber auch ganz stolz und vergnügt. Der glückselige Vater wußte gar nicht, was er seinem Sohn alles zulieb tun sollte: sein bleiches Aussehen beunruhigte ihn, er sollte reiten lernen, ausfahren ... jeden Wunsch suchte er ihm aus den Augen zu lesen; Theodor mußte ihn überall begleiten, wahrend man absichtlich die Mädchen zurückließ.

Die arme Zephirine spielte eine etwas traurige Rolle dabei. Bis jetzt war sie immer und überall die Hauptsache gewesen, bewundert, geschmeichelt; – nicht nur die Schwester, sondern auch das Mütterlein ihres kleinen Bino, der sie um alles befragte: – und nun war sie, wenn auch gütig behandelt, doch möglichst beiseite geschoben und sah die Absicht wohl, sie von Leon zu entfernen. Immer spielen ging nun auch nicht mehr, nach ihrer Tanzkunst fragte gar niemand. Sie sollte stundenlang still sitzen und mit Marie stricken oder lernen; sie faßte sehr schnell, aber sie bekam doch dabei eine Art Heimweh nach dem freien und ungebundenen Leben, nach ihren bunten Kleidchen, nach dem Tanz und dem Beifall der Leute.

Eines Abends war Leon mit seinem Vater ausgegangen, Marie war bei einer Tante, und Zephirine saß allein im Zimmer; ihr Herzchen war recht schwer, sie wußte kaum warum. Da hörte sie von der Straße ihren Namen rufen; sie sah hinunter, und im Schein einer Straßenlaterne stand Papa Lionet und winkte ihr. Mit einem Freudenschrei sprang sie die Stiege hinab in seine Arme; es war ihr Vater, und sie hatte ihr Leben lang nur Liebe und Güte von ihm erfahren.

Er umarmte sie mit Tränen: »Kind, mein liebes Kind, sie bringen dich nicht, sie werden dich behalten und fortnehmen; willst du das? Willst du deinen armen alten Papa allein lassen?«

»Nein, nein!« rief Zephirine, »o gewiß nicht! Ich will mit dir gehen und bei dir bleiben; gewiß, Leon braucht mich nicht mehr, der hat seinen Papa; wart' nur, ich will nur noch Abschied nehmen!« Sie flog hinauf, packte in Hast ihre kleinen Habseligkeiten zusammen und eilte zu Mama Winter.

»Mama, liebe Mama,« rief sie mit ihrer Lebhaftigkeit, »da drunten steht mein armer, alter, rechter Papa und ist so allein, ich will jetzt wieder zu ihm gehen und bei ihm bleiben; sagen Sie einen recht schönen Gruß an Marie und an Cherubino ...« Das Kind brach in Tränen aus. Frau Winter beruhigte sie, als sie endlich verstand, was sie wollte, und lud Herrn Lionet ein, heraufzukommen. Bis sie ihn bewirtete und Sefis Sächlein ordentlich zusammenrüstete, kam Leon mit seinem Vater nach Hause. Herr von Ormont war sehr froh, als er Zephirinens Entschluß hörte und beschenkte sie reichlich, fast über seine Kräfte. Herr Winter ließ sich von Lionet versprechen, daß er für des Mädchens Erziehung Sorge tragen wolle; aber der kleine Leon war untröstlich, daß seine Sefi nun doch ging. Endlich rissen sich die Kinder voneinander los; Herr Lionet hob das Mädchen auf das Wägelchen, das d'Ormont hatte kommen lassen, wickelte sein Kind in ein warmes Mäntelchen, ein Geschenk der Frau Winter, und so fuhr sie mit ihm fort, ihr weinendes Gesicht fest in ihr weißes Tüchlein gedrückt.

Die Geschwister.

Fast zwei Jahre waren seit jenem Abschied verflossen und wir wenden unsern Blick auf ein kleines, gar freundliches Landhaus, von einem Garten umgeben, in einer anmutigen Gegend des Rheinlandes. In einem kleinen Saal, dessen offene Flügeltüren in den schönen Garten hinausgingen, ruhte auf einem Kanapee ein bleicher Knabe, der mit etwas müden Augen in die sonnigen Gänge hinaussah, die zu beiden Seiten mit den allerschönsten Herbstblumen geschmückt waren. Ein Herr saß an einem Schreibtisch in seiner Nähe und blickte hier und da mit bekümmertem Blick auf den Knaben.

»Wollen wir nicht noch ein wenig spazieren gehen, Leon?« fragte er ihn freundlich, »es ist so schön draußen.«

»Ach nein,« sagte der, »ich bin so müde, und die Sonne tut mir weh.« »Willst du nicht das neue Buch sehen?«

»O nein, das macht meine Augen so müd.«

»Otto besucht dich vielleicht heute noch und spielt mit dir!« tröstete ihn der bekümmerte Vater.

»Ich mag ihn nicht, er spricht so laut und ist so lustig,« sagte der Knabe im grämlichen Ton eines Kranken.

»Warte nur lieber Leon!« begann der Vater wieder, »wir können jetzt wohl bald wieder nach Frankreich zurückkehren, da ist's so schön warm, da wirst du ganz gesund.«

»Ja, ja,« rief der Knabe einen Augenblick erheitert, »und wenn wir verreisen, finden wir vielleicht auch Zephirine.«

Die Haushälterin Herrn von Ormonts trat ein: »An der vordern Haustür ist ein Bettelmädchen, das nach dem jungen Herrn fragt und nicht gehen will.«

Unwillig erhob sich Herr von Ormont, um die Zudringliche fortzujagen, als schnell wie ein Blitz ein schlankes, zartes Mädchen, von etwa elf Jahren, sonnenverbrannt, in zerrissenen Kleidern und Schuhen, der Haushälterin nachkam, und wie sie den Knaben sah, mit lautem Jubelruf:»Bino, Bino, du guter, lieber Bino!« in seine Arme eilte.

»Das ist meine Sefi!« rief der, als er ihr die verwirrten Locken aus der Stirne strich, und in der rührenden Glückseligkeit der Kinder, die einander lachend und weinend an der Hand hielten und anblickten, schmolz aller anfängliche Ärger des Vaters.

»Bist du denn krank, armer Cherubino?« fragte das Mädchen mitleidig, indem sie sein bleiches Gesicht streichelte, »du siehst so blaß aus.«

O nein, ich bin nicht krank!« sagte Leon lebhaft, »ich huste nur ein bißchen; wenn du da bist, so werde ich ganz gesund und dann gehen wir nach Frankreich! Nicht wahr, Papa?«

Der Vater nickte, sein Herz war zu schwer zum Sprechen.

Ein ganz neues Leben war in Leon erwacht; er befahl und ordnete an, als wäre er der einzige Herr des Hauses, und der Vater lächelte unter Tränen über seinen Eifer.

Zuerst mußte Frau Lange, die Haushälterin, warmen Tee bringen für seine Sefi und was sie Gutes zu essen hatte, und dann schöne Kleider, – das hielt aber schwer; die der Frau Lange waren ihr viel, viel zu weit und groß. Endlich brachte man einen Anzug von einem Mädchen im Dorf. Zephirine ging damit weg, und wie sie wiederkam in der Bauerntracht, hübsch gewaschen und gekämmt, ihr schwarzes Haar in langen Zöpfen, da klopfte Leon vor Freuden in die Hände und Herr von Ormont selbst staunte über die Schönheit des Kindes.

»Oh, ich kann mir schöne Kleider kaufen!« sagte sie mit einigem Stolz, indem sie ein kleines Beutelchen ganz mit Gold gefüllt herauszog und Leon zeigte.

»Aber warum kommst du denn so lumpig, du dumme Sefi, wenn du soviel Geld hast?« fragte dieser erstaunt.

»Ach, es eilte mir so, zu dir zu kommen; da wollt' ich mich mit gar nichts aufhalten, und ich wollte auch das Geld niemand zeigen; weißt, so einem kleinen Mädchen hätte man das leicht nehmen können!«

»Aber wo und wie kommst du her?« fragte jetzt Herr von Ormont, dem der Besitz dieser Summe verdächtig war; »schickt dich dein Vater?«

»Ach, nein, der arme Papa ist ja totgefallen, weil er noch hat kunstreiten wollen, wegen der garstigen, alten Mama!«

»Nun, so erzähl' in der Ordnung! wie war's, seit du in Nürnberg mit dem Vater fortgingest?«

»Ja, da gingen wir nach München. Da war ich auch wieder im Theater und sah so schön tanzen, so schön! Und der Papa nahm eine Mamsell mit, die für uns nähte und wusch und mich auch etwas lehrte; tanzen oder so konnte sie nicht, aber sie machte hübsche wollene Blumen. Wenn wir länger an einem Ort blieben, schickte er mich auch in die Schule. So reisten wir lang herum, und es ging uns fast immer gut; aber ich hatte doch Heimweh nach Cherubino. Am Ende kamen wir in eine große Stadt zur Messe; da waren auch Kunstreiter, zu denen mich Papa mitnahm. Es war recht schön; eine dicke Frau ritt auch noch herum, die stieg gerade neben uns ab; da schrie der Papa: ›Julia!‹ und sie und › Aimé!‹ und da war's die alte Mama!«

»Was für eine Mama?«»Ach, die alte, die Papas Frau war, ehe er meine rechte Mama geheiratet hat. Er glaubte, daß sie nicht mehr lebe; aber sie war noch da, ihr anderer Mann war inzwischen gestorben, und sie hatte eine große Freude an Papa. Abends besuchte sie uns und ich mußte tanzen; da war sie ganz entzückt und sagte dem Papa, wir müssen bei ihr bleiben, und er gebe noch einen prächtigen Ritter im Zirkus. Wir waren eine gute Weile bei ihr, aber sie war garstig und bös, und der Francois ist auch weggelaufen. Einmal nötigte sie den armen Papa, er solle als Ritter herumreiten und er hatte doch so steife Beine! Ein böser Bube gab dem Pferd einen Schlag, das warf den Papa ab, und man mußte ihn ins Bett tragen.«

»Er war noch eine Weile krank,« fuhr die Kleine wieder mit weicher Stimme fort, »und die Mama sah kaum nach ihm; ich saß immer an seinem Bett. Eh' er starb, ließ er mich das Beutelein holen, das er wohl versteckt hatte, und sagte mir, das habe er lange heimlich für mich gesammelt, der gute Papa, und trug selbst so abgeschabte Röcke! Und er sagte auch, ich solle nicht bei der Truppe bleiben, er wolle noch an Herrn Winter schreiben; das konnte er aber nimmer. Dann starb er, und unser alter Fuchs hat ihn noch auf den Kirchhof geführt.«

Das Kind weinte wieder und Leon mit.

»Sie hätten mich nicht fortgelassen,« hub sie wieder an, »aber ich ging heimlich. Zuerst nahm mich ein Bote mit in seinem Wagen, weit, weit. Ich hatte früher mit Francois oft von dir gesprochen, lieber Bino, und der hatte mir gesagt, wo du wohnst; so fragte ich denn und fragte, und ging und ging, oh, schon viele Tage lang, und da bin ich.«

Herr von Ormont dachte natürlich nicht daran, das Kind wieder zu entfernen, dessen Ankunft seinem kranken Sohn ein neues Leben gab. Sie wurde niedlich gekleidet und hatte durch ihre liebliche Fröhlichkeit bald alle Herzen gewonnen. Zephirinens Name war Herrn von Ormont noch ein großer Anstand, sie ließ sich's gefallen ihn abzulegen. Leon taufte sie Leonie, obgleich sie zuerst meinte, das sei langweilig; bald aber hieß sie Leonie im ganzen Hause. Ein glückseliges Leben begann nun für die zwei Kinder; Zephirinens ganzes Leben und Tun war nur Liebe und Hingebung für ihren wiedergefundenen Bruder. Nun war er nimmer zu müde in den Garten zu gehen, seit Leonie mit ihm ging, ihm weiche Sitze bereitete, Sträuße und Kränze band und tausend anmutige Spiele erfand. Seine Lehrstunden mußte sie mit ihm teilen und er hörte mit herzlichem Lachen ihre oft so unwissenden Fragen und dann wieder mit Stolz die Lobsprüche des Lehrers über ihre Fähigkeit. Seine Spielsachen, seine Bücher, alles schien erst lebendig zu werden unter Leonies Hand, wenn sie mit ihrer klaren Stimme vorlas, oder eine Menge kleiner Erfindungen in dem Gebrauch des Spielzeugs machte. Manchmal, wenn die Kinder ganz allein waren, schmückte sie auch wohl ihr Haar mit Blumen, schürzte ihr Röckchen auf und führte die alten fröhlichen Tänze auf. Ihr Schlafkabinettchen war neben dem Zimmer, wo er mit seinem Vater schlief; in mancher Nacht, wo Fieber und Husten den armen Knaben nicht einschlafen ließen, schlüpfte sie leise an sein Lager und hielt seine brennende Hand in der ihrigen und sang mit ihrer weichen süßen Stimme ein Schlummerliedchen, bis er endlich eingeschlafen war, und wenn der Vater halb im Schlaf nach seinem Sohn hinübersah, so war ihm oft, es sitze ein Engel an seinem Bett. An stillen Abendstunden und morgens, wenn der müde Leon endlich sich erheben konnte, da hatten die Kinder ihre eigene Lehrstunde zusammen. Leon hatte vom Vater eine schöne Bibel mit Bildern erhalten; nun war er der Lehrer und zeigte seiner Leonie die Bilder und las und erzählte ihr die heiligen Geschichten. In Leonies Herz war der Eindruck jenes Morgens, als sie zum ersten Male eine Kirche betrat, das Andenken an die gemeinsamen Morgen- und Abendgebete in Nürnberg nicht verloren gegangen. So oft sie indes an einer Kirche vorübergekommen war, hatte sie's dahin gezogen, wie in eine Heimat; aber das Beten hatte sie fast ganz verlernt in dem unstäten Herumtreiben. Leon hingegen mit seinem stillen Gemüt war in der freundlichen Ruhe dieses Aufenthalts und unter dem Unterricht eines frommen Geistlichen schon ganz daheim geworden in der Welt, die einmal unsre ewige Heimat werden soll. Die Geschichten der Bibel waren seine liebsten und sie erwachten in ihm zu neuer Herrlichkeit, wenn Leonie ihre glänzenden Augen auf ihn heftete und er ihr von den uralten Tagen erzählte, wo Gott mit den Menschen noch geredet, wie mit seinen Kindern; wo er mit den Engeln eingekehrt in Abrahams stiller Hütte, und Jakob die Himmelsleiter im Traum sah. Mit strahlendem Lächeln schaute er Leonie an, wenn er ihr wieder ein neues Bild zeigte – sie durfte nur eines an jedem Tage sehen – und dann seine Erzählung begann, der sie so begierig lauschte. Es war so hübsch, daß er sie, die sonst immer sein Mütterlein gewesen, nun auch etwas lehren konnte.

Und wenn sie an das Neue Testament kamen, an die Erzählung, wo der Heiland die Kinder zu sich ruft; an die seligen Verheißungen eines ewigen Lebens in Frieden und Herrlichkeit: da glänzten Leonies Augen oft von stillen Tränen und sie hielt des Bruders schmale Hand fest, fest in der ihren, als wollte sie ihn nicht fortlassen. So jung sie war, sie hatte doch schon vielerlei erfahren und hatte ein aufmerksames Auge für das sichtliche Hinwelken ihres Lieblings.

Leons Gereiztheit und üble Laune hatten fast ganz aufgehört; denn die Schwester wußte jeden Wunsch zu erraten, jedem Verdruß zuvorzukommen. Es war ein Geist des Friedens und der Liebe in dem Haus, als ob ein beständiger heiliger Sabbat gefeiert würde.

Weihnachten kam, und Herr von Ormont hatte alles erschöpft, was väterliche Liebe für seinen Sohn Schönes und Liebes ersinnen konnte. Er hatte ihn, seit er wieder sein eigen war, stets reichlich bedacht; diesmal aber sollte zum erstenmal unter Frau Langes Anleitung ein Christbaum den Weihnachtstisch schmücken. Die Kinder saßen im Dunkeln beisammen; Leon mußte immer mehr seine Zeit auf dem Ruhebette zubringen. Er hatte noch einmal die Geschichte der ersten Weihnacht erzählt, vom Lobgesang der Engel und dem ersten Besuch der Hirten;»das freut mich so, daß der Heiland in einem Stall geboren ist,« sagte Leonie,»da denkt er gewiß noch im Himmel zuerst an so arme Kinder in der Welt draußen herum, wie wir waren; da hat er uns wohl oft in unserem Wagen schlafen sehen, als wir noch nichts von ihm gewußt haben ...«

»Ja, und hat gedacht: ihr werdet doch noch mein,«flüsterte Leon.

Da ging die Tür auf, und ein strahlender Lichtglanz blendete die überraschten Kinder. Von dem Tische, der mit einer Menge reicher Gaben beladen war, erhob sich ein Christbaum, flammend mit hundert Kerzen. Auf der Spitze schwebte ein schön gebildeter Engel mit lichten goldenen Flügeln; den Kindern war's zuerst ganz still zumut, Leon sprach leise die Worte aus einem Weihnachtslied:

>»Das ewig Licht geht da herein,
>Gibt der Welt ein' neuen Schein,
>Es leucht' wohl mitten in der Nacht,
>Und uns des Lichtes Kinder macht.«

Dann aber war Leonie die erste, die mit lautem Jubel die Herrlichkeiten des Tisches musterte. Sie war reichlich bedacht worden; Herr von Ormont sah seit lange nur noch den Engel seines Kindes in ihr. Ein himmelblaues Kleid von feinem, warmem Zeug, wie es einst die kleine Marie in Nürnberg getragen, allerlei niedliche Schürzchen und Krägelchen mit Bändern, wie sie die ehemalige kleine Tänzerin so sehr liebte; zierliches Arbeitsgerät – denn Leonie war schon ein ziemlich geschicktes Mädchen geworden – auch Puppen und Spielzeug, und über das alles ein schönes Tamburin, das machte sie glücklich! Sie war ganz die alte fröhliche Zephirine wieder und half mit demselben Jubel Leon seine Geschenke mustern, der sie stiller aufnahm. Mit Kleidern konnte man freilich dem

Kranken nicht viel Freude machen; aber da waren Bilder und Bücher, sinnige Spiele, ein schöner Atlas, der ihn am meisten zu freuen schien. Er suchte zuerst die Karte von Frankreich und rief den Vater:»Vater, jetzt zeig' mir den Weg, den wir einmal nach Frankreich gehen!«

Die andern sahen sich traurig an mit dem Gedanken: Armer Knabe, du wirst wohl einen andern Weg gehen!

Die Weihnachsfreude hatte Leon recht müde gemacht, mehr und mehr blieb er auf seinem Lager; Leonie war unerschöpflich, immer wieder neue Unterhaltungen für ihn zu finden. Der Vater versuchte, ihn an klaren sonnigen Wintertagen im Schlitten zu fahren; aber der Husten wurde darauf so heftig, daß es der Arzt bestimmt verbot.

Schluß.

Langsam verging der Winter; aber der März brachte klare, sonnige Tage, man konnte die milde Frühlingsluft in das Krankenzimmer lassen. Wie ein gefangenes Vögelein flog Zephirine hinaus, um dem Bruder die ersten Blümchen zu suchen. Es war ein schöner Abend, als sie mit einem Sträußchen von Schneeglöckchen und den ersten Veilchen an sein Bett trat.

»Wie Noahs Täublein mit dem Ölzweig, nicht wahr, Vater?« sagte Leon zu diesem.

»In Frankreich gibt's früher Blumen,« sagte der Vater;»da dauert der Winter nicht so lang.«

»Vater,« sagte Leon mit klarerer Stimme als zuvor,»ich weiß wohl, daß ich nicht nach Frankreich komme; aber in ein Land, wo es nie, gar nie Winter wird, der Herr Pfarrer hat mir's gesagt.«

Der Vater beugte sich auf ihn, um seine Tränen zu verbergen.

»Wo ist denn Leonie?« fragte der Kranke,»es ist ja so dunkel.«

»Hier,« flüsterte Leonie leise an der andern Seite des Bettes.

»Lieber Vater,« fing er wieder lächelnd an,»gelt, wenn wir nicht damals in die Kirche gegangen wären, so hättest du uns nicht gefunden? Sieh, so hat mich der Heiland zu dir geführt und du mich zum Heiland, nicht wahr?«

Der Vater nickte.

»Leonie!« sie drückte seine Hand, sie war ganz kalt; »Leonie, weißt du, wie die Tür damals aufging und du sprangst herein, und bist bei uns daheim geblieben? – weißt du noch?«

»Freilich,« sagte sie leise.

»Leonie, wenn ich im Himmel bin, daheim bei dem lieben Gott, da geht wohl auch einmal die Tür auf und du kommst herein und bleibst bei uns immer, immer und ewig, nicht wahr?« Es wurde dunkel im Zimmer, der Kranke schlief ein und erwachte nicht mehr.

Es war wieder Herbst geworden und die schönsten Spätblumen schmückten Leons Grab, das ein immerblühender Garten war. Leonie pflegte es morgens und abends, es war ihr liebster Gang, ihre zweite Heimat; sie war fast so oft dort als Leons Vater, der lange schon auch ihr Vater war.

Sie hatte ihn oft hinabgeleitet mit stillem Tritt, mit viel heißen Tränen. Aber allmählich wurden ihre Wangen wieder gerötet, ihre Augen hell, ihr Gang leicht, und ein heiteres Lächeln wie sonst erhellte ihr Gesichtchen. Sie war nicht mehr die leichte, lustige Zephirine; aber sie war wieder die heitere Leonie, die des Bruders letzte Tage so hell gemacht.

Herr von Ormont sah dies wohl, und er freute sich darüber. Er wußte, daß in einer jungen Seele das Leid nicht ewig währen kann; er wußte auch, daß sie darum den Bruder nicht vergessen.

»Leonie,« sagte er eines Tages, »liebes Kind, du weißt wohl, daß mein Haus deine Heimat ist, aber es ist eine trübselige. Du bist noch jung und hast viel zu lernen, ein langes Leben liegt noch vor dir. Sie sagten mir in Nürnberg, du seiest zur Kunst berufen. Du sollst freilich nicht mehr, wie mit deinem armen Vater, im Wagen durch die Welt fahren; aber ich will dich in eine große Stadt bringen, wo du erst lernen sollst, was die Kunst Schönes hat. Du bist über deine Jahre verständig; besinn dich, Kind, bis morgen, ob du nicht zum alten, heitern Künstlerleben zurückkehren willst!«

Leonie besann sich, wie es der Vater gewünscht; sie schlief die Nacht wenig. Alle die Herrlichkeiten des Theaters, die sie in großen Städten gesehen, die rauschende Musik, die prächtigen Gewänder,

der ganze Zauber, der auf jener bunten Welt liegt, ging an ihr vorüber, und sie fühlte ihr Herz wieder klopfen in froher Erwartung, wie damals, wenn sie dachte: »In dies Feenreich sollst du eintreten!« Aber es kamen nachher andere Bilder, viel andere: ihres Vaters trauriges Sterbebett und Leons friedliches Scheiden. Und als sie gegen Morgen entschlummerte, da war ihr Herzchen ruhig, sie wußte, was sie wollte.

Sie ging am Morgen wie gewöhnlich mit dem Vater auf Leons Grab. »Weißt du, Vater, was Leon sagte, ehe er starb? Es werde einst droben eine Tür aufgehen und ich zu ihm kommen und daheimbleiben immer und ewig, wie ich früher hier zu euch gekommen bin. Siehst du, Vater, ich weiß nicht recht, ob es eine Sünde ist, ein Leben zu führen, wie mit dem armen Papa, oder wie die schönen, prächtigen Frauen auf dem Theater; aber ich glaube, es ist doch schwerer in den Himmel zu kommen. Solange ich so tanzte, konnte ich nicht recht an die Kirche und den Heiland denken: drum will ich den Weg zum Himmel lieber suchen, wie damals den Weg zu euch, in der Stille und mit Mühe, als in Tanz und Glanz. Wenn du glaubst, ich soll noch mehr lernen, so schicke mich nach Nürnberg; aber laß mich nachher wieder dein Kind sein, du bist ja so allein!«

Der Vater glaubte, daß das Kind das Rechte erwählt habe, und ließ es so geschehen. In Nürnberg wurde sie mit der alten Liebe aufgenommen und erzählte viel, viel von ihrem lieben Bino. und als Herr von Ormont wirklich wieder einzog in das Erbe seiner Väter, da begleitete ihn sein treues Töchterlein als eine fromme, liebliche Jungfrau. Zu keiner Zeit, in Freude und Leid, hat sie vergessen, an die Stunde zu denken, wo sie eintreten dürfe zu ihrem seligen Bruder.

Über tredition

Eigenes Buch veröffentlichen

tredition wurde 2006 in Hamburg gegründet und hat seither mehrere tausend Buchtitel veröffentlicht. Autoren veröffentlichen in wenigen leichten Schritten gedruckte Bücher, e-Books und audio-Books. tredition hat das Ziel, die beste und fairste Veröffentlichungsmöglichkeit für Autoren zu bieten.

tredition wurde mit der Erkenntnis gegründet, dass nur etwa jedes 200. bei Verlagen eingereichte Manuskript veröffentlicht wird. Dabei hat jedes Buch seinen Markt, also seine Leser. tredition sorgt dafür, dass für jedes Buch die Leserschaft auch erreicht wird.

Im einzigartigen Literatur-Netzwerk von tredition bieten zahlreiche Literatur-Partner (das sind Lektoren, Übersetzer, Hörbuchsprecher und Illustratoren) ihre Dienstleistung an, um Manuskripte zu verbessern oder die Vielfalt zu erhöhen. Autoren vereinbaren direkt mit den Literatur-Partnern die Konditionen ihrer Zusammenarbeit und partizipieren gemeinsam am Erfolg des Buches.

Das gesamte Verlagsprogramm von tredition ist bei allen stationären Buchhandlungen und Online-Buchhändlern wie z. B. Amazon erhältlich. e-Books stehen bei den führenden Online-Portalen (z. B. iBookstore von Apple oder Kindle von Amazon) zum Verkauf.

Einfach leicht ein Buch veröffentlichen: **www.tredition.de**

Eigene Buchreihe oder eigenen Verlag gründen

Seit 2009 bietet tredition sein Verlagskonzept auch als sogenanntes "White-Label" an. Das bedeutet, dass andere Unternehmen, Institutionen und Personen risikofrei und unkompliziert selbst zum Herausgeber von Büchern und Buchreihen unter eigener Marke werden können. tredition übernimmt dabei das komplette Herstellungs- und Distributionsrisiko.

Zahlreiche Zeitschriften-, Zeitungs- und Buchverlage, Universitäten, Forschungseinrichtungen u.v.m. nutzen diese Dienstleistung von tredition, um unter eigener Marke ohne Risiko Bücher zu verlegen.

Alle Informationen im Internet: **www.tredition.de/fuer-verlage**

tredition wurde mit mehreren Innovationspreisen ausgezeichnet, u. a. mit dem Webfuture Award und dem Innovationspreis der Buch Digitale.

tredition ist Mitglied im Börsenverein des Deutschen Buchhandels.

Dieses Werk elektronisch lesen

Dieses Werk ist Teil der Gutenberg-DE Edition DVD. Diese enthält das komplette Archiv des Projekt Gutenberg-DE. Die DVD ist im Internet erhältlich auf **http://gutenbergshop.abc.de**

Zeitfracht Medien GmbH
Ferdinand-Jühlke-Straße 7
99095 Erfurt, Deutschland
produktsicherheit@kolibri360.de